एक बात महाराज जी के साथ

(हर मन की व्यथा, हर उत्सुकता का उत्तर)

रिशव जुनेजा

KAVYA
PUBLICATIONS

Publisher:

SDR INNOWAYS INDIA PVT. LTD.
667, Rajaward, Kulpahar, Mahoba - 210426

Imprint:
KAVYA PUBLICATIONS
Plot No.107C, Hanuman Khand, Gulabvatika, Behta Hazipur, Loni-UP (Near Dilshad Garden Delhi) NCR -201102

Mob. : 7905266820
Website : www.kavyapublications.com
E-Mail : info@kavyapublications.com

ISBN : 978-93-6431-254-7

Year : 2025

This book is printed at MTL and published by author Ajay Agrawal, CEO of SDR Innoways India Pvt. Ltd. Kulpahar Mahoba with its imprint and centre, Kavya Publications Delhi.

श्री हित प्रेमानन्द गोविंदशरण जी महाराज

यह पुस्तक पूज्य महाराज जी

को समर्पित है।

PREFACE (भूमिका)

यह पुस्तक पूज्य महाराज श्री प्रेमानंद जी को समर्पित है। यह पुस्तक "एक बात महाराज जी के साथ" आप हम जैसे लोग और महाराज प्रेमानंद जी के बीच के संवाद की कहानी है।

हम सभी लोग जो जीवन में विभिन्न समस्याओं को लेकर जूझते है, महाराज जी के वचन उसमें संजीवनी की तरह काम करते है।

वेझिझक होकर हम अपने मन का भाव, समस्या महाराज जी के सामने प्रश्न के रूप में रखते है और महाराज जी बड़ी सहजता से अपने उत्तर से हमारी समस्या का समाधान करते है और हमारी उत्सुकता को भी पूरा करते है।

यह पुस्तक उन सभी प्रश्न–उत्तर को सँजोती है, जिसे पढ़ने से शांति मिलती है, मार्गदर्शन मिलता है। हमारे द्वारा कोशिश की गई है जो प्रश्न–उत्तर महाराज जी और जन–सामान्य के बीच हुए है उन्हें उसी तरह प्रस्तुत किया जाएं।

सभी प्रकार के प्रश्नों को इसमें सम्मिलित किया गया है। जब भी हम किसी महान व्यक्तित्व को

पढ़ते हैं अर्थात उनके विचारों को, हमारी कोशिश उन वचनों को आत्मसात करने की होती है।

इस पुस्तक का भी मुख्य उद्देश्य यही है कि हम महाराज जी के वचनों को पढ़ते हुए आत्मसात करे, उनके कहे अनुसार अपने जीवन को ढाले। यही महाराज जी के लिए सच्चा आदर और सम्मान है।

इसकी प्रथम प्रति मैं पूज्य महाराज श्री प्रेमानंद जी को शीश झुकाकर अर्पित करता हूँ।

इसकी द्वितीय प्रति मैं अपनी माता जी श्रीमति मंजू जुनेजा जी को सिर झुकाकर भेंट करता हूँ।

ये पुस्तकें ही है जो व्यक्ति को जीना सिखाती है, आचरण सिखाती है, व्यक्तित्व निर्माण करती है। ये पुस्तक "एक बात महाराज जी के साथ" सकारात्मक ऊर्जा से भरपूर है और जीवनोपयोगी है।

महाराज जी से संवाद व बातचीत करने वालों में देश के बड़े खिलाड़ी व बड़े राजनेता भी शामिल है।

Acknowledgement (प्रेरणा व सहयोग)

मेरी माता जी श्रीमति मंजू जुनेजा मेरी प्रेरणा स्त्रोत है, उनका हर क्षण, हर पल परिवार के लिए समर्पित है।

मेरे स्वर्गीय पिता श्री प्रेम जुनेजा जी, जिनसे मुझे हमेशा ही कर्मठता, ईमानदारी की प्रेरणा मिली है। इस किताब के लेखन में मेरी पत्नी दीक्षा जुनेजा मुख्य सहयोगी है।

श्री दीपक सक्सेना – श्रीमती शालिनी सक्सेना (जीजा–बहिन) का निर्देश व मार्गदर्शन सतत रूप से मिलता रहा है। अन्य सहयोगी जैसे बहिन–जीजा, भाई, दोस्त मैं सभी का धन्यवाद करता हूँ।

काव्या पब्लिकेशन, जिन्होंने इस कृति को महत्व दिया व एक सुलभ प्लेटफार्म उपलब्ध कराया। जिससे पाठक आसानी से सभी ऑनलाइन माध्यमों अमेजन, फ्लिपकार्ट अन्य से प्राप्त कर पायेंगे। इस पुस्तक को काव्या पब्लिकेशन द्वारा E-Book के रूप में भी पाठकों के लिए ऑनलाइन माध्यमों Amazon Kindle, Google पर उपलब्ध कराया गया है।

Index (सूची)

सूची नहीं बना पा रहा हूँ, हर प्रश्न हर एक के लिए उपयोगी है। चाहे विद्यार्थी हो, चाहे माता–पिता हो या आपका कोई भी व्यवसाय हो। ये सभी प्रश्न–उत्तर जीवन जीने का तरीका बताते है।

प्रश्न - उत्तर

महाराज जी - श्री हरिवंश, आपके चरणों में कोटि-कोटि प्रणाम।

सभी प्रश्नकर्ता द्वारा प्रश्न पूछने से पहले

प्र01. मुझे मतलब बहुत Short Temper होता है। गुस्सा बहुत ज्यादा आता है। कभी–कभी बहुत ज्यादा गुस्सा आ जाता है। छोटी–छोटी बातों पर और आगे चलकर वो बात बहुत बड़ी बन जाती है।

उ0 प्रेमानन्द महाराज जी द्वारा –

गुस्सा कब आता है, Negative में गुस्सा आता है, Positive में तो गुस्सा कभी आयेगा नहीं। जैसे आपको कोई कटु वचन बोल रहा है। हम वहाँ Positive सोचते है कि हमें कोई शारीरिक दंड मिलना था तो मेरे भगवान ने कटु वचन सुनाकर के मेरे अन्दर भी जलन पैदा करके उसे हटा दिया। इसलिए धन्यवाद जो कटु वचन बोल करके मुझे शारीरिक दंड से बचा दिया। इसलिए हमें लगता है भगवान का नाम जब भी हमारी बुद्धि को शुद्ध करेगा तो शुद्ध बुद्धि Positive में हर बात को लेती है तो मुझे Negative

सोच को हटाने के लिए नाम जप जरूर करना चाहिए। आप करती है नाम जप–नहीं, तो फिर औषधि नहीं तो रोग कैसे शान्त होगा। आपको जो नाम प्रिय हो तो एक वो आता है उससे गिनके नाम लो, आपको कौन सा नाम प्रिय है – राम, तो आप राम, राम, राम, राम उसमें नंबर आ जाते है उसमें 1000 शुरू कीजिए रोज़, बिना पैसे की दवा है और यह यही नहीं परलोक में भी काम आने वाली है।

प्र02. भगवान सभी जगह है कण–कण में है तो धार्मिक स्थलों पर जाना चाहिए या नहीं जाना चाहिए?

उ0 प्रेमानन्द महाराज जी द्वारा –

मेहंदी में लालिमा होती है, होती है न पर मेहंदी के पूरे पेड़ को चीर डालो कहे लालिमा दिखा दो तो कोई नहीं समझें, उसकी एक प्रक्रिया है ये जो तीर्थ बने हैं, यह अध्यात्म के पावर है। जैसे – गंगा जी नहाकर आप देखो कैसा लगता है एकदम Fresh! लेकिन नियमानुसार अब गये कुरला कर रहे हो, थूक रहे हो और मल रहे हो, साबुन लगा रहे हो कोई अनुभव नहीं होगा, गये शासतांड दंडवत

किये, माथा पर जल रखा चुपचाप 5, 7, 11 डुबकी लगायी, एकदम बाहर हो गये देखो एकदम आनन्द आयेगा। वृंदावन आये हो परिक्रमा लगाओ, बिहारी जी के दर्शन करों, किसी का दिया हुआ कुछ खाओ मत, रजरानी लगाओ नामजप करो तो जब जाओगे तो एक अच्छा अनुभव होगा। यह परम पवित्र स्थान बनाये गये है कि हमको अध्यात्म का सहयोग मिले। हमारी जो गलतियाँ हो गयी, पाप हो गयें वो नष्ट हो जाये तो साधना का प्रारम्भ करने के लिए हमें जो पवित्रता चाहिए वो गंगा है, काशी है। जो बड़े–बड़े तीर्थ है इनमें इसीलिए जाया जाता है कि हम गृहस्थ हैं, हमसें कोई न कोई पाप बन जाते है तो इन तीर्थों पर जाने से हमारे पाप नष्ट होते है। हमारे पुण्य बनते है, हमारा हृदय पवित्र होता है अवश्य जाना चाहिए, पर जिस पद्धति से रहना उसी पद्धति से रहना। हर तीर्थ में एक दिन उपवास करना चाहिए। अगर तीन दिन वास करे तो एक दिन उपवास करना चाहिए, दूसरे दिन फलाहार करना चाहिए, तीसरे दिन अन्नाहार करना चाहिए, एक दिन तो पूरा ऐसे जल पर रहना चाहिए, कष्ट सहना चाहिए तीर्थों पर जाने के लिए।

प्र03. मैं किसी की भी मदद करता हूँ मदद लेने के बाद वो इंसान बदल सा जाता है तो मैं मदद करूँ किसी की आगे या मदद करना ही छोड़ दूँ?

उ0 प्रेमानन्द महाराज जी द्वारा –

देखो! मदद करो, इसांन से बदले में कुछ चाहो मत। किन को तुमने 500 रूपया दिया उनका हिसाब मालिक देगा, इनसे नहीं लेना। इनसे इच्छा मत करो कि लौटकर आपको धन्यवाद बोले, नहीं ऐसा नहीं।

प्रश्नकर्ता पुनः – विपरीत हो जाते है?

उत्तर महाराज जी द्वारा – हाँ हो जाने दो ना। हमने परोपकार किया, इसका फल भगवान दे देंगे, इंसान क्या देगा। उसको तो आपने स्वयं दिया है। यही हमारी कमजोरी है कि हम दूसरे को जो सुख देते है जैसे – वस्त्र, भोजन, रूपया, पैसा, सहयोग जो भी देते है उसके बाद में हम उससे चाहते कि वह नम्र रहे, हमसें कृतज्ञ रहे, वो हमें प्यार करें, वो हमारा सम्मान करें लेकिन नहीं करेगा क्योंकि माया के द्वारा प्रेरित हैं, ज्यादा आप उपकार करोगे तो आपको बुद्धिहीन समझेगा, लेकिन आपको अपनी स्थिति में

रहना है। इस व्यक्ति के आचरण से या इस व्यक्ति के व्यवहार से मुझे दुःखी नहीं होना। अगर व्यक्ति को आपने पानी पिलाया और उसने हाथ जोड़कर बोल दिया धन्यवाद, आपने पाली पिलाया लो हो गया आपके पानी पिलाने का हिसाब और अगर वो चला गया तो पानी पिलाने का हिसाब ठाकुर जी देंगे तो जब भगवान देंगे तो बहुत ज्यादा देंगे तो हमको व्यक्ति से धन्यवाद लेने से क्या मतलब। हम तो मनायेंगे कि वो हमको धन्यवाद ना दें वो चुपचाप चला जायें।

प्र04. जब सब कुछ भगवान के हुकुम से होता है, गुरू ग्रंथ साहिब में भी यही लिखा है :

''हुकुमें अँदर सबको

बाहर हुकम न कोय''

तो मेरा सवाल यह है कि दुनिया की नजर लगने की क्या अहमियत है, मतलब दुनिया की नजर लग गयी जैसे कह रहे बहुत धनवान है तो उसको किसी ने कहा वाह वाह तेरे पास बहुत धन हो गया तो उसका धन घटने लगता है, ऐसी मान्यता है?

उ0 प्रेमानन्द महाराज जी द्वारा –

अरे! उस पर नजर टिक जाये तो काल की भी नजर नहीं लगती, औरो की तो बात जाने दों। ऐसे पूरा संसार नष्ट जो जाए, नहीं हो जायें। यह तो बहुत ही बच्चों वाली बात है कि कोई आप पे नजर लगा देगा, कोई हमारे धन पर नजर लगा देगा, नहीं जितने नजर वाले है उन सबमें जो नजर है मेरे प्रभु की है। हमारा भ्रम होता है। कभी–कभी तुक्का लग जाता है। अब उसका पुण्य का काम खत्म हो गया, पाप का लागू हो गया। अब उसको लगा सत्यवादी हो गया। कभी–कभी तुक्का लग जाता है, जाओ आज से काम तुम्हारा जो बन जायेगा, अब तुम्हारा पाप नष्ट हुआ तो पुण्य चल पड़ा तो आपका काम बन गया तो बोले, जय बाबा जी की, काम बन गया बाबा जी ने काम बना दिया। कोई किसी का काम बनाता या बिगाड़ता नहीं है।

प्र05. Supreme Court of India से आये वकीलों ने महाराज जी से पूछा प्रश्न –

महाराज जी श्री हरिवंश, आपके चरणों में कोटि–कोटि प्रणाम।

महाराज जी हम वकालत के पेशे में हैं, अपराधी अपराध करके आता है, उसकी

वकालत करना कितना उचित है? क्या यह मार्ग राधारानी की प्राप्ति में बाधा नहीं बनेगा?

उ0 प्रेमानन्द महाराज जी द्वारा –

नहीं, इसमें ध्यान देना है हमें भगवान ने जो सेवा दी है, सम्पूर्ण सृष्टि श्री भगवान की पहली बात ये स्वीकार है आपको, यह बात आप मानते है कि सम्पूर्ण सृष्टि का कोई ईश्वर है, कोई महान निर्णायक है, कोई है जो इस पूरी प्रकृति को अपने अधीन करके चलाता है। जिसे भगवान कहते है, जिसे ईश्वर कहते है, आपकी आस्तिकता में यह बात है, स्वीकार करते है। अब उसने आपको वकालत की सेवा दी है, हम सब उसके सेवक हैं, अलग–अलग सेवक है जैसे– मुझे सेवा यह दी, आपको सेवा वो दी, सेवा ही है। जैसे– पीछे आपके बैठे हुए है हमारे राज्य कर्मचारी इनको सेवा दी है। अधर्म करने वाले को दण्ड देना एक पूजा होगी, हाथ जोड़ना पूजा नहीं होगी। अगर वो चोरी कर रहा है, नीच आचरण कर रहा है तो इनकी पूजा हो की भययुक्त करके उसे धर्म में चलाये, अधर्म का त्याग करा दे, ये इनकी पूजा बन जायेगी। ऐसे ही आपको, न्यायाधीश आपके वचनो के अनुसार ही न्याय करेगा क्योंकि

आपको point और प्रमाण दोनों देने होंगे कि यह अपराधी है या यह निरापराधी है। दोनों पक्ष आपके हाथ में होते है। अगर आपको आपके अंदर की प्रेरणा, जिसे आत्म प्रेरणा कहते है, जिसे भगवत प्रेरणा कहते है वो संबोधन करे कि यह तो अपराधी है और आपको point मिले कि अपराधी है पर आपके निरपराधी साबित करके इसको बचाने के लिए पैसे दिए जाते है, अब आपको सावधान हो जाना है। अगर आप उस पैसे के लोभ में आकर उस अपराधी को, जिसको आपका हृदय भी कह रहा है और आपका दिमाग भी कह रहा है और वो आपको पैसा अच्छा दे रहा है क्योंकि वो बचना चाहता है, अब आप उस केस को अगर जीतते है तो अब आपका अपराध बनता है। वो धन आपकी बुद्धि और आपके परिवारजनों की बुद्धि को, स्वास्थ्य को और शान्ति को बिगाड़ेगा पक्का। यदि आप श्री लाडली जी की कृपा से यहाँ आये हो, इसका प्रश्न इस भाव से कर रहे हो तो शास्त्र सम्मत और हृदय सम्मत दोनों बाते हैं। अगर आपको पता चल गया है कि अधर्मी है, इसने गलत् आचरण किया है तो चाहे जो कुछ हो जाये इसको सजा दिलाकर रहेंगे पैसा मिले ना मिले।

निरपराध – दोष मुक्त, जिसका दोष न हो।

प्र06. महाराज जी कलयुग में अपने कर्मों पर नजर कैसे रखें?

उ0 प्रेमानन्द महाराजी जी द्वारा –

नजर करने वाला होता कौन है, यह समझना पड़ेगा, है ना? आप ही नजर करने वाले हो, आप नजर चूकने वाले हो तो आप तो नजर चूके हुए हो तो नजर करे कौन?

चूकिं हुई नजर का स्वरूप क्या है, "अन्तः करण में तदात्म भाव"। आप यह नहीं देख रहे, कह जरूर देते है मन आज मेरा शान्त नहीं है। दृष्टा तो आप सूचित कर रहे है, वाणी से लेकिन आप मन बने हुए है। आप स्वयं को उसके साथ अशान्त किए हुए है। आज मेरी इच्छा है यह खाऊँ, यह देखूँ, यह सुनु, यह आपका विषय नहीं है। ये उन इन्द्रियों का विषय है जिनके साथ मन मिल गया है पर आप उस समय तदात्म है तो आप नजर कैसे रखेंगे। नजर तो दृष्टा पुरूष रखता है जो दृष्टा भाव को प्राप्त हो, दृष्टा ही तो नजर रखेगा और हम तो दृश्य बने हुए हैं, जो हमारा अन्तःकरण माँगता है वहीं। अब

क्या करें, हमें इससे अलगाव चाहिए? इसके दो उपाय है एक – हरिभजन, दूसरा सत्संग।

जैसे पंछी आकाश की यात्रा में दो पंखों का प्रयोग करता है, ऐसे ही "परमार्थ की यात्रा साधन को हरिभजन है कै सत्संग सहाय।" प्रधान साधना नामजप और इसमें रूचि क्या करना चाहिए, क्या नहीं करना चाहिए। इस दृष्टि को प्राप्त करने के लिए शास्त्र स्वाध्याय सत्संग, अगर सत्संग नहीं है, हरिभजन नहीं है तो आप स्वयं फिसले हुए फिर जाँचेगा कौन? जाँचता तो वो है, जो दृष्टा भाव को प्राप्त हो रहा है। हम तो दृश्य में आसक्त हो रहे है, हम इन्द्री बने हुए है, हम मन बने हुए है, हम देह बने हुए है तो इसलिए चाहे जो युग हो साधना ठीक हो तो आप सतयुग में ही है। मानो भगवत चर्चा हो रही है, नामजप कर रहे है, पवित्र आहार पा रहे, सबके साथ सदव्यवहार कर रहे तो कलयुग कहाँ है, अब व्यभिचार कर रहे, मांस खा रहे, मदिरा पी रहे, जुआ खेल रहे, हिंसा कर रहे तो फिर आप कलयुग में ही है।

तदात्म – दो या दो से अधिक चीजों का एक साथ मिलना, एकता का रूप।

दृष्टा – देखने वाला।

प्र07. बहुत से श्रद्धालु लोग आते है तो गोपाल जी को साथ लेकर आते है। क्या लड्डू गोपाल जी को यात्रा में साथ ले जाना चाहिए?

उ0 प्रेमानन्द महाराज जी द्वारा –

अगर गोपाल जी को अपना प्रिय बालक समझते है और घर में अगर रख कर चले आते है तो उनको पानी कौन पिलायेगा और उनको भोजन कौन पवायेगा तो अगर वो साथ में है तो उनको साथ में भोग भी लगा दिया, पानी भी पिला दिया और घुमा भी दिया, दिखा भी दिया।

जैसे – बच्चा लोग भी आते है साथ में तो झूठे हाथ से ही उनको छूते है–नहीं, झूठे हाथे से तो ना छुओ। इतनी तो पवित्रता रखनी चाहिए। क्योंकि भगवान है गोपाल जी, तो हाँ पवित्रता रखो, हम तो भाव की बात कह रहे है कि जैसे घर के सब लोग चले आये है और ठाकुर जी को अकेले घर में बंद कर दिये वो भी ठीक नहीं है। उनके भोग की व्यवस्था होनी चाहिए पर गोपाल जी की मर्यादा से रखे उनको मतलब कोई केवल

खिलौना ना समझे। भगवान की मर्यादा से उनको रखे और प्यार दुलार करें।

प्र08. महाराज जी मैं आपसे बहुत प्रभावित हूँ, जिस तरह बड़े–बड़े महाराज जी लोग हर जगह जाकर सत्संग करते है तो आप क्यों नहीं जाते? मैं आपके लिए बहुत बड़ा प्रभु कृपा से आयोजन करवाना चाहता हूँ।

उ0 प्रेमानन्द महाराज जी द्वारा –

ना तो हम बड़े है और ना तो हम प्रवचनकर्ता है। हमारी बात बड़े लोगों के कान में समझे में नहीं आयेगी। "यही दरबार दीन को आदर, रीत सदा चली आयी"। दैन्य होकर आओगे तो छाती से लगा लेंगे, चरणामृत लेंगे तुम्हारा, बड़े के समझन में नहीं आयेगी हमारी बात। देखो, हम अपने को ऐसे (नीचे) करके फिर आपको काँधे पर बैठायेंगे, आप अगर पहले से ऊँचाई से आओगे तो हम नीचे से निकल जायेंगे तो तुम जान नहीं पाओगे, पकड़ नहीं पाओगे। भगवान का दाँव खिलाड़ी होता है। माया जैसी चतुर खिलाड़ी से भी अपने पक्ष का दाँव निकालकर निकल जाता है। उसको कोई फँसा नहीं सकता। यहाँ जो बड़ा शब्द है, वो प्रभु के लिए है। हम धर्मनिष्ठ है, धाम

से बाहर इस शरीर का जाना नहीं हो सकता। अगर किसी को पकड़ना है तो एक शब्द से मंगल हो जाये, विश्व में कहीं भी हो। हमारी बात कलयुग की कृपा से है, आप अमेरिका में बैठकर सुन सकते है।

धर्मनिष्ठ – धर्म के प्रति गहरी आस्था।

प्र09. महाराज जी बहुत कोशिश करने के बाद भी ईर्ष्या, मोह, लोभ का त्याग करना बहुत कठिन सा लगता है?

उ0 प्रेमानन्द महाराज जी द्वारा –

यह कोशिश से नहीं होते है, भजन से होते है। जितना आप भजन करेंगे उतने ही आप निर्विकार होंगे। यदि नाम जप नहीं करेंगे तो कोशिश क्या करेगी। हमारे प्रतिकूल वो बोल रहा है। हमारा मन स्वीकार कर रहा है, अब हमें जलन होगी तो उसको रोक कौन सकता है। अगर भजन हो रहा है, हमारी बुद्धि काम करेगी। मेरे किसी पूर्व पाप का प्रायश्चित कराने के लिए भगवान इसको निमित बनाये है। यह कटु वचन बोलकर मेरे पापों का नाश कर रहा है। इसमें इसका तो कोई दोष है नहीं, हम उसको सह लेते है। जब हमारे अन्दर विवेक जोरदार होता है तो हम सह

लेते हैं। जब विवेक जोरदार नहीं होता तो हम उसी में डूब जाते है। हम या तो उसको गाली देने लगेंगे, उसका बुरा मनाने लगेंगे, हमारा हृदय जलने लगेगा। ईर्ष्या हमसे आगे निकला जा रहा है, अरे उसका पुण्य है, उसने प्रयत्न किया है, उसने तपस्या की है तो आगे वो निकला जा रहा है। हम खुद भजन करे, हम उससे आगे निकल जायेंगे। ईर्ष्या करने की जरूरत क्या है? बहुत से ऐसे विकार है जो बिना भजन के नष्ट नहीं होते। इसलिए नाम जप करो और सत्संग सुनो तो उससे परिवर्तन हो सकता है, अपनी कोशिश काम नहीं करेगी इसमें।

प्र010. क्या करें जिससे हमें सच्चे संत मिले और उनसे हमारा कल्याण हो?

उ0 प्रेमानन्द महाराज जी द्वारा –

आपकी प्रबल श्रृद्धा और उत्कण्ठा हो कि मुझे सच्चे संत मिले। भगवान आप पर कृपा करें। फिर आपको सच्चे संत मिल जायेंगे।

"जब द्रवहि दीन दयाल राघव साधु संत पाइये।"

संतों का संग ऐसे नहीं है, जब आपकी प्रबल श्रृद्धा और चाह हुई, जब प्रबल पूर्ण एकत्रित हुआ तो भगवान की कृपा हुई और फिर तुम्हें साधु समागम मिला। सच्चे संत भगवान की कृपा से मिलते हैं। संत मिलन की तीव्र आकांक्षा करो, भगवान से पुकारो कि आप सच्चे संत का हमें संग दे दो। संत मिलन के लिए भगवान से प्रार्थना करो, आराधना करो, तब भगवत कृपा हो जायेगी या तुम्हें वहाँ पहुँचा दिया जायेगा या वो संत तुम्हारे पास स्वयं आ जायेंगे। तुम्हारा परम कल्याण हो जायेगा। संत मिलन का मतलब है, परम कल्याण हो, निश्चित ही भगवत प्राप्ति हो जायेगी।

प्र011. महाराज जी भाग्य और मेहनत में से कौन ज्यादा शक्तिशाली है?

उ0 प्रेमानन्द महाराज जी द्वारा –

अब यह देखना है कि मेहनत तुम कौन–सी करते है। अगर केवल तुम असत मेहनत करते हो तो भाग्य प्रारब्ध को तुम परास्त नहीं कर सकते। अगर भजन करने की मेहनत करते हो, सत मेहनत करते हो, तीर्थ यात्रा है, पुण्य है, दूसरे का परोपकार है, खूब नाम जप

है तो भाग्य को बदल सकते हों। फावड़ा चलाने से भाग्य नहीं बदलने वाला या खूब पढ़ाई लिखाई करने से भाग्य नहीं बदलने वाला, बड़े पढ़े लिखे ऐसे घूम रहे है, डिग्री लिए घूम रहे क्योंकि भाग्य में नहीं है ना नौकरी तो डयूटी नहीं, अर्थ नहीं क्योंकि भाग्य पूरा है दुःख भोगना है और बहुत ऐसे है ज्यादा पढ़े लिखे नहीं, ज्यादा उसका mind नहीं और कार में घूम रहे क्योंकि भाग्य बढ़िया है। भाग्य बदला जा सकता है पुण्य के द्वारा, तीर्थ यात्रा के द्वारा, नाम जप के द्वारा, परोपकार के द्वारा अगर यह कर्म नहीं तो फावड़ा चलाने से, मेहनत करने से भाग्य नहीं बदलता है, भाग्य बदलता है सत्कर्म के द्वारा। सत्कर्म का अनुष्ठान हो तो पूर्व के असत् कर्मों का नाश करके वो उसकी उन्नति कर देता है।

प्र012. महाराज जी शरीर और मन दोनों एक साथ चलते है, शरीर अच्छा होगा, स्वस्थ होगा तो अच्छे विचार आते है। महाराज जी आप बीमार होने पर भी इतने शुद्ध विचारक और इतने ऊर्जावान कैसे है?

उ0 प्रेमानन्द महाराज जी द्वारा –

हम शरीर में नही रहते, हम प्रभु में रहते है। हम हर समय इतने आनंदित रहते है कि संसार का कोई पद भी मिल जाये तो उतना आनंदित नहीं होगा वो व्यक्ति, हम इतना आनंदित रहते है क्योंकि हम प्रभु में रहते है। शरीर तो परेशान ही है अगर शरीर में रहते होते तो परेशानी ही है, हमारा मन जो है वो भगवान ने ले लिया है। मन भगवान में रहता है, हम भगवान में रहते है इसलिए आनन्द में रहते है। भगवान आनन्द सिंधु है ना, तो आनन्द रहते है। उसी आनन्द में सब हो रहा है। अगर शरीर में हो तो बहुत परेशानी हो जाये। किडनी खराब है, Dialasis होता है क्या–क्या समस्याएं है, उन्हीं समस्याओं में हम डिप्रेशन में पहुँच जायें लेकिन नहीं, इसीलिए सबसे प्रार्थना करते है कि यदि सुख–शान्ति और आनन्द चाहते हो, दुख, भय, चिन्ता, शोक से मुक्त होना चाहते हो तो भगवान का नाम जप करो। नाम जपने से महा आनन्द की प्राप्ति होगी, तुरन्त नहीं होगी समय लगता है। थोड़ा दीर्घ काल तक हिम्मत करके नाम जप करो, माया से लड़ते रहो फिर देखो जब मन प्रभु में लगने लगेगा तो अद्भुत आनन्द आता है। हर कष्ट सहने

की सामर्थ आ जाती है, जब हम भगवान का नाम जप करते है।

प्र013. महाराज जी आपसे सुना था कि भगवान के भक्त का नाश नहीं होता, महाराज जी तो फिर उसका जन्म क्यों होता है? स्वर्ग और गोलोक में से किसमें जाकर उसको दोबारा जन्म नहीं लेना पड़ता?

उ0 प्रेमानन्द महाराज जी द्वारा –

जिसने भगवान का साक्षात्कार कर लिया फिर उसका दोबारा जन्म नहीं होता। अगर उसे भगवान भेजते है तो ऐसे महापुरूषों के रूप में भेजते है जो जन का कल्याण करें। जैसे – भगवान ने कहा –

"यदा यदा हि धर्मस्य ग्लानिर्भवति भारत।

अभ्युत्थानमधर्मस्य तदात्मानं सृजाम्यहम"

भगवान कहते है – जब–जब धर्म की हानि होती है तब–तब मैं अवतार लेता हूँ तो ये नहीं कहा कि पूरी शक्तियों के साथ अवतार लेता हूँ। तब–तब मैं अवतार लेता है, तो कभी दुष्टों का विनाश करने के लिए भगवान अवतार लेते है तो कभी दुष्टता का विनाश करने के लिए। उस समय भगवान अपने ही

स्वरूप को प्राप्त महापुरूषों को भेजते है जो सृष्टि में आ करके जो संतुलन बिगड़ गया था, अधर्म बढ़ गया था, धर्म की हानि हो गयी थी उनके प्रभाव में, उनके वचनों से पृथ्वी का संतुलन बनता हैं। धर्म की स्थापना होती है, अधर्म की वृत्ति का नाश होता है और जब भगवान शक्तियों के साथ अवतार लेते है तो अधार्मिक पुरूषों का विनाश होता है और धर्मात्माओं की रक्षा होती है। भगवान का जो भक्त है वो जब भजन करके भगवत स्वरूप हो जाता है तो भगवान के नित्य धाम को प्राप्त होता है। जहाँ से आना–जाना नहीं होता। जहाँ जाने के बाद इस मृत्युलोक में नहीं आना होता लेकिन भगवान उसे भेजे वो सरकारी आदमी बन करके आयेगा और अपने प्रभाव से जनमंगल करके फिर अर्न्तध्यान हो जायेगा। भगवान की भक्ति की यदि पूर्णता नहीं हुई, जब भगवान का साक्षात्कार नहीं होता दो कारण होते है –

पहला – जैसे हम भजन तो कर रहे है पर अमुख भोग की चाह है। अब भगवत साक्षात्कार तब तक नहीं होगा जब तक यह चाह नष्ट नहीं हो जायेगी।

दूसरा–हमने भजन शुरू किया, हमारी मृत्यु हो गयी। कोई चाह नही है भगवान की चाह है, उसे सीधे योगियों के कुल में जन्म दिया जायेगा, वहीं से भजन होकर वह पूरा हो जायेगा।

गोलोक – गोविंद का धाम

प्र014. महाराज जी कोई ऐसे पाप भी है जो भगवान कभी माफ नहीं करते?

उ0 प्रेमानन्द महाराज जी द्वारा –

एक है पाप केवल पूरी सृष्टि में, भगवान के भक्त का द्रोह। ये एक ऐसा पाप है जो भगवान माफ नहीं करते। जब दुर्वासा ऋषि ने अम्बरीश जी को बिना अपराध के कृत्या प्रकट कर दी, अम्बरीश जी को मारने का उपाय किया तो भगवान का सुदर्शन चक्र प्रकट हो गया और कृत्या को नष्ट किया और दुर्वासा को दौड़ाया क्योंकि वो भी ब्रह्मर्षि है कोई साधारण तो है नहीं, नहीं तो एक कदम में नष्ट कर देते और वो भागते हुए सुदर्शन के ताप से कैलाश पहुँचे तो भगवान कैलाशपति ने कहा – नहीं, हम तुम्हें इस समय शरण में नहीं ले सकते क्योंकि तुमने भगवान के भक्त का अपराध किया और उनका प्रिय सुदर्शन चक्र तुम्हें दण्ड देना

चाहता है। भगवान ने कहा – मैं भक्त के अधीन हूँ, अगर सुदर्शन शान्त हो सकता है तो अम्बरीश जी के चरण पकड़ो जा करके दूसरा कोई उपाय नहीं है। जिस भक्त का अपराध बन जाये वो ही भक्त क्षमा कर दें तो क्षमा हो जाये। फिर भगवान भी नहीं क्षमा करते। भक्त का अपराध सबसे बड़ा है, किसी संत–महात्मा या भक्त का अपराध ये नष्ट कर देगा।

द्रोह – किसी भक्त को सताना या धोखा देना।

प्र015. महाराज जी आजकल लोग अपने माँ–बाप को वृद्धाश्रम में छोड़ जाते हैं, वो बिल्कुल भी सेवा करने को राजी नहीं है। महाराज जी क्या लोग संस्कृति को भूल रहे है?

उ0 प्रेमानन्द महाराज जी द्वारा –

आप जवान हो करके बड़े वृद्धो की सेवा करते हैं, ये बहुत बड़ा सौभाग्य आपका है बस उद्देश्य सही रहे। उद्देश्य ना भटकने पाये, कही उसकी आड़ में अपनी वासनाओं की पूर्ति ना की जाये तो यह बहुत बड़ी तपस्या है क्योंकि जिन वृद्धों की वो अवस्था है कि कोई भी नजदीक खड़े होना नहीं

चाहता, उन वृद्धों को आप गोद में उठाकर लाते हैं और अस्पताल ले जाते है, उनकी दवाई कराते है, उनको वस्त्र भोजन देते है, वास की भी व्यवस्था है। यह बहुत बड़ा कार्य है, आज लोग अपने माता–पिता का अपमान कर ही रहे है, फिर आप दूसरे बड़े वृद्धों को, असहायों को, हाथ पैर टूटे हुए को, पागलों को, जिनको कोई नहीं पूछता है मतलब उनको शरीर की शुद्धि नहीं है, उनकी आप सेवा करते हो पर एक बात तय रहे, स्वार्थ बुद्धि ना रहे तो यही भगवत प्राप्ति भी करा देता है। क्योंकि जो दूसरों का हित करता है, उससे बड़ा कोई धर्म नहीं है। कुछ लोगों का ऐसा सलूक होता है कि कैमरे में कुछ और कैमरे के पीछे कुछ तो हमें लगता है कि एक जैसा सलूक होना चाहिए। हमारा एकान्त भी भगवत स्वरूप ही होना चाहिए।

प्र016. महाराज जी जीवन में हर शुभ कार्य शुरू होने से पहले इतनी बाधाएँ क्यों आती है?

उ0 प्रेमानन्द महाराज जी द्वारा –

नहीं, ऐसा नहीं है कि सबके जीवन में बाधाएँ ही आती है। ऐसा भी नहीं है बड़े शुभ कार्य

होते हैं, पर हाँ जब हम शुभ कार्य करते हुए बुरा प्रारब्ध होता है तब बाधाएँ आती है। हमारा प्रारब्ध बुरा है और हमने शुभ कार्य शुरू किया तो बाधाएँ विघ्न आ जाते है और उन बाधाओं विघ्नों को निपटाने के लिए विघ्नेश्वर है, गजानन की पूजा करते है। जिस समय भगवान का सुमिरन करते हुए कदम बढ़ाओगे, उस समय हर विघ्न नष्ट हो जायेगा। यदि हृदय में भगवान का चिन्तन करते हुए कोई भी शुभ कार्य करे तो बाधा नहीं पहुँच सकती। जहाँ राधा है, वहाँ बाधा नहीं पहुँच सकती। विजयश्री वहीं है, जहाँ भगवान का चिन्तन है। जहाँ भगवान का चिन्तन नहीं तब तो माया है ही।

प्र017. महाराज जी भगवत गीता का या वेदों का महत्वपूर्ण सन्देश क्या है? आज के जीवन के लिए सच्ची भक्ति और दिखावे की भक्ति में क्या अन्तर है?

उ0 प्रेमानन्द महाराज जी द्वारा –

पहला – सभी शास्त्रों का एक ही सन्देश है अज्ञान का नाश करके अपने स्वरूप में स्थित हो जाओ अर्थात् भजन करके भगवत प्राप्त हो जाओ। अष्टांगयोग में अपनी चित्त वृत्ति का

निरोध करके परमात्मा प्राप्त हो जाओ। सब शास्त्रों, सब साधनों का एक ही फल है।

"सब साधन कर यह फल सुन्दर, प्रभु पद पंकज प्रीत निरन्तर"

अन्तररहित भगवदा काल वृत्ति, ये ही सभी शास्त्रों का सार है। आज हो चाहे कल हो भक्ति का स्वरूप नहीं बदलता है, वही भक्ति का स्वरूप है। जब तक संयम से नहीं चलोगे, पाप आचरण का त्याग नहीं करोगे जो शास्त्र विधान है उसके अनुसार नहीं चलोगे तो भक्ति का रंग नहीं आयेगा, पाखण्ड भले ही करलो। चार लोग तुम्हें प्रणाम नमस्कार कर लेंगे लेकिन भगवत साक्षात्कार नहीं हो सकता। भगवत साक्षात्कार तभी हो सकता है जब इन्द्रियाँ जो हमारी प्रवृत्त की और जा रही उनको मोड़ करके परमात्मा में लगा दें। जितेन्द्रीय हो, श्रृद्धावान हो, निरन्तर भजन परायण हो सब कुछ प्राप्त हो जायेगा।

जितेन्द्रिय – जिसने इन्द्रियों को अपने वश में कर लिया हो, संयमी।

प्रवृत्त – जो देखती है, सुनती है वही एकदम से करने की इच्छा करती है।

प्र018. महाराज जी आज खूब नाम है, धन है, सारे सुख है पर कठिनाईयों को पार करते–करते मुझे पता ही नहीं चला कि मैं खुद को खो बैठी। मैं दिखा तो रही हूँ पर मैं खुश क्यों नहीं हूँ?

उ0 प्रेमानन्द महाराज जी के द्वारा –

हमारे मन का एक स्वभाव है, नवम् नवम्। मन की एक माँग है नवम् नवम्। कुछ भी हो, कुछ दिन बाद वो उससे हट जाता है और एक नयी खोज़ करता है। जब तक उसे परम सुख नहीं मिल जायेगा तब तक वो रूकेगा नहीं। परम सुख भगवान के नाम में, भगवान के चरणों में है। सब सुख एक तरफ और मन की एक माँग हैं, शरीर भोग और वो भी नवम् नवम्। आज तुम्हे प्यार कोई कर रहा है और तुमसे सुन्दर मिल जायेगा तो कल वो उसे प्यार करने लगेगा। आज तक किसी की तृप्ति हुई हो तो हमें बताओ भोगों में, कही तृप्ति नहीं हो सकती। बढ़िया बहुत सुन्दर बुद्धि आपकी है जो आपको अनुभव करा रही है कि सब कुछ होते हुए भी एक ऐसा स्थान खाली है जहाँ लगता है कि वो नहीं है जो मैं चाह रही हूँ। वो

श्रीकृष्ण है, जो प्रभु है। यदि उससे चित्त जोड़ लोगे तो निहाल हो जाओगे।

प्र019. महाराज जी हम रूपया ब्याज पर देते है। इसी काम से हमारे परिवार का खर्च और बाकी सब चलता है लेकिन अब मन में विचलता आ रही है कहीं ब्याज का पैसा हमारे लिए पाप का साधन तो नहीं बन रहा?

उ0 प्रेमानन्द महाराज जी द्वारा –

ब्याज से तो लाखों लोगों का जीवन चलता है। ये जो ब्याज की निंदा की गयी है वो पूर्व में जैसे – जमींदार लोग होते थे ना 500 रूपये दिये, 500 का वो ब्याज जैसे चढ़ा देते थे तो कितनी बार 500 दें ले तो वो मुक्त नहीं होगा, तो इस तरह के जो गलत व्यवहार के ब्याज का भाव रख करके शोषण किया जाता था उसके लिए है। जैसे – बैंक से भी आप कर्जा लो तो वहाँ भी वो प्रतिशत में होता है ना, कि इतने प्रतिशत आपको ब्याज मिलेगा। अगर इस तरह का है, आपका शोषण का भाव नहीं है जो सरकारी विधान से चलता है, शोषण वृत्ति जो है फिर वो हानिकारक रहेगी।

प्र020. महाराज जी कमाई का कितना हिस्सा धर्म के मार्ग पर लगाना चाहिए?

उ0 प्रेमानन्द महाराज जी द्वारा –

अगर कोई आपको दुर्घटना का केस दिखाई दे रहा है आप दौड़ पड़ो उसे उठाओ, गाड़ी में डालो, अस्पताल ले जाओ। कोई भूखा दिखायी दे रहा है, अपनी भोजन की थाल उसे दे दो। ऐसा नहीं है कि हम महीने में निकाल करके रखे। हमें जहाँ जरूरत पड़ी, ऐसे जो धर्मार्थ खुले उनमें आप दे सकते हो लेकिन गृहस्थी में जितना आ रहा है अपने परिवार का पोषण करो, भगवान की घर में सेवा विराजमान करो, सेवा करने की भावना रखो। सेवा करने के लिए हमारे पास जो कुछ तन, मन, धन है अगर जरूरत पड़ी तो हम दूसरों की सेवा में तन से भी लगेंगे, मन से भी और धन से भी लगेंगे। शास्त्रों में बताया गया है कि 100 में से 10 रूपये धर्म के लिए निकाल देने चाहिए।

प्र021. अपने अन्दर के सूक्ष्म अहंकार को कैसे पहचाने और मिटायें?

उ0 प्रेमानन्द महाराज जी द्वारा –

जब किसी दूसरे पर दोष दर्शन होने लगे तो समझना चाहिए कि हम में अहंकार बढ़ रहा है। जब हम किसी के दोष देखे तो अपने में गुण अभिमान होता है, तभी दूसरे में दोष दिखायी देते है और इस अहंकार का नाश गुरूदेव के चरणों का आश्रय, सन्तों के पावन चरित्र पड़ने से और भगवन नाम जप करने से ये अपने आप नष्ट हो जायेगा। गुरूदेव के चरणों का दृढ़ आश्रय हो तो अहंकार मिट जायेगा।

गुरू चरणो का आश्रय, भक्त के पावन चरित्रों का पठन–पाठन, गुरू चरणों के आश्रय से बहुत जल्दी लाभ मिलता है। जो गुरू चरणों के आश्रय में नहीं है तो अहंकार को कोसता ही रहता है, जो बढ़ता रहता है। नाम जप बहुत जल्दी ह्रदय को पवित्र करता है। ये तीन साधन है अहंकार नष्ट करने के लिए। ये तीन साधन स्वीकार कर लें – ''गुरू चरणों का आश्रय'', ''भक्त चरित्र'' और ''नामजप''।

प्र022. महाराज जी जब कभी कठिन परिस्थिति आती हे तो मन को शान्त उस समय कैसे रखा जाये?

उ0 प्रेमानन्द महाराज जी द्वारा –

विवेक, जो बुद्धि पर भी शासन कर सकता है उसका नाम विवेक है। विवेक के द्वारा बुद्धि युक्त होती है तो मन को शासित कर लेती है, मन को अधीन कर लेती है, नहीं तो जैसे सुना कि ये नहीं करना चाहिए, मन प्रेरणा कर रहा है हम कर बैठे, इसका मतलब बुद्धि निर्णय ठीक नहीं कर पा रही है। विवेक प्राप्त होता है सत्संग से, भगवान की भक्ति से। बिना विवेक के शासन नहीं कर सकते। मन बहुत बड़ा तूफान है और वो जब अपने रंग में आता है तो किसी को नहीं बख्शता, करवा ही बैठता है जो उसे करवाना होता है। अगर उस पर कोई शासन कर सकता है तो भगवान का कृपा पात्र, भजन, सत्संग, पवित्र आचरण। उसमें विवेक हुआ विचार के द्वारा काट दिया ऐसा, ऐसा। अन्दर ही विचार आया और बाह्य किसी सहयोग की जरूरत नहीं, आप शान्त हो गये। अगर विवेक नहीं है तो सीधा आक्रमण मन का होता है। मन जो जलन पैदा करता है उसको सह पाना बहुत मुश्किल होता है। बाहर का आप डंडा बर्दाशत कर सकते हैं, मन का डंडा नहीं। मन को जो हरा सके

उसका नाम विवेक है, बुद्धि नहीं। कठिन से कठिन परिस्थिति में भी संभाल कर सकता है, वो है विवेक।

प्र023. महाराज जी मैं दुनिया का सबसे बड़ा पापी इंसान हूँ, सबसे बड़ा पाप किया हूँ, मैं अब ऐसा कभी नहीं करूँगा। मैं श्री जी को बोलता हूँ बस मैं इतना बड़ा पाप किया हूँ, मैं माफी लायक भी नहीं हूँ। मैं एक साल से जाप कर रहा हूँ, प्रभु जी पर भूल नहीं पा रहा हूँ, बार–बार उसी बात की याद आती है। कभी–कभी सोचता हूँ कि प्रभु जी मैं शरीर त्याग दूँ?

उ0 प्रेमानन्द महाराज जी द्वारा –

दुर्गति हो जायेगी, ये मूर्खता है। शरीर त्यागने की जरूरत नहीं है। शरीर राग त्यागने की जरूरत है। शरीर तो ये त्यागोगे दूसरी नीच योनि मिल जायेगी, बख्शे थोड़ी जाओगे। शरीर राग त्याग दो तो महापुरूष हो जाओगे। कोई भी अपराध तुम्हें परास्त नहीं कर पायेगा। तुम बिल्कुल चिन्ता मत करो, जो अपराध हुआ उसे भूल जाओ। हम कह रहे है। जो तुम तिलक लगाये हो भगवान के दासत्व को कहा है, जो तुम्हें गुरू

ने नाम दिया हो नामजप करो और वो पाप जो पीछे हो गये हैं, आज से उसकी सत्ता ही खत्म। अगर पकड़े रहे तो दुगना दण्ड के भागी बनोगे। आज से वो Chapter खत्म, आगे कोई गलती मत करना, जो गुरू जी ने नाम दिया है उसको श्रद्धा पूर्वक नाम जप करो। नामजप करते हुए अगर कभी और चूके हो जाती है तो क्यों हुई उसे देखो, उसको संभालो और जिसके लिए तुम साल भर से जल रहे हो उस पाप को भूल जाओ।

दासत्व – भगवान के अधीन।

प्र024. महाराज जी हमें कैसे पता चले कि हमारी आत्मा को परमात्मा की प्राप्ति हो चुकी है?

उ0 प्रेमानन्द महाराज जी द्वारा –

हँसते हुए – अरे यार, आत्मा ही परमात्मा है, आत्मा और परमात्मा में भेद नहीं है। जब तक तुम शरीर अभिमानी हो तब तुम आत्मा को परमात्मा से अलग देख रहे हो, शरीर का भाव हटेगा तो तुम वही हो। जैसे – अब हमारा जन्म नहीं होना, हमारा काम हो गया या हमारा आखिरी जन्म है, कर्म वश नहीं होना। श्री जी जो भेजे तो भेजे सरकारी आदमी बनाकर, कभी भी कही भी भेजा जा

सकता है लेकिन हम कर्म बन्धन से बंध करके इस मृत्युलोक में नहीं आयेंगे तो खुद अनुभव होने लगता है, दूसरे को थोड़ी बताना पड़ता है। जब काम ना सताये, क्रोध ना आये, लोभ ना आवे, मोह ना आवे, अहंकार ना आवे, मत्सरता ना हो, किसी से किसी भी प्रकार का राग नहीं, अपमान होने पर दुख ना हो, सम्मान होने पर सुख ना हो, निंदा होने पर दुःख ना हो तो परमात्मा प्राप्त हो गया। खूब भजन करो डट कर। परमात्मा एक जन्म से भी मिल सकते है, कई जन्मों से भी नहीं मिल सकते। हमारे कहने से भगवान नहीं मिलेंगे, आपके चाहने से मिलेंगे।

मत्सरता – ईर्ष्या।

प्र025. महाराज जी आत्मा, दिमाग और दिल में क्या समानता है? क्या ये अलग–अलग है?

उ0 प्रेमानन्द महाराज जी द्वारा –

देखो, दिल और दिमाग जिसे तुम कहते हो ना तो उसे ऐसे साधारण भाषा में हृदय कहा जाता है और भगवती भाषा में अन्तः करण कहा जाता है। अन्तःकरण के चार रूप है।

1. बुद्धि, 2. मन, 3. चित्त 4. अहंकार।

अंगों की भाषा में तो दिल एक अंग है, जिससे शरीर का संचालन हो रहा है। वो क्या है जो हम संबोधन करते है, न दिल और हृदय से उसका तात्पर्य होता है, अन्तः करण। उसी अन्तः करण से पूरा सिस्टम सोचने का, करने का, देखने का, सुनने का, ये इन्द्रिया एक वहाँ से शासित है। प्रधान बोर्ड जो है वो अन्तःकरण है। बुद्धि निश्चय करती है, मन संकल्प–विकल्प करता है, चित्त चिन्तन करता है, अहंकार क्रियाओं को स्वीकार करता है, भोगो को स्वीकार करता है। यह अन्तःकरण को पावर जहाँ से मिल रहा है, वो है "आत्म तत्व"। उसमें ना कोई कामना है, ना कोई विकार है, ना वो मरता है, ना वो जन्मता है, वो एक चेतन आत्म स्वरूप है। जो हम बोल रहे हैं, वो अन्तःकरण है और जो आप आत्म तत्व कह रहे हैं, वह अन्तःकरण का प्रकाशक है।

प्र026. महाराज जी मुझे अपनो के खोने का बहुत भय रहता है। अतीत में जो हुआ इसलिए डर सताता रहता है, महाराज जी मैं इससे बाहर कैसे निकलूँ?

उ0 प्रेमानन्द महाराज जी द्वारा –

आपका कौन है, पहले नहीं था किसी का शरीर और यह तो पक्का है बाद में किसी का नहीं रहेगा तो बीच में जितनी तारीख होती थी और समय, उतना ही रहेगा। अब चाहे तुम भगवान को गाली दो या उनकी जय–जयकार करो। कोई मतलब नहीं है, यह ऑफिस केवल टाइम के लिए है बस, जितना तुम्हे टाइम दिया गया है इतना ही इस ऑफिस में रहोगे। नहीं ये ऐसी ऑफिस है कि तुम्हारा टाइम खत्म होते ही इस ऑफिस को भी नष्ट कर दिया जायेगा और तुमको भी हटा दिया जायेगा। जहाँ ट्रांसफर हुआ ऑफिसर का तो उसकी ऑफिस पहले नष्ट की जाती है तो इसमें परेशान क्या होना है, यह तो जाना ही है। यही बात हमारे मन में आयी थी बचपन में, जब हम कक्षा 5 में पढ़ते थे, तब हमें बात आयी कि अम्मा मर जायेगी, पिताजी भी मर जायेंगे, कोई भी यहाँ टिकाऊँ नहीं सब मरने वाले है। तब एक रास्ता निकला कि एक मात्र भगवान के सिवा और कोई ऐसा नहीं है तो अगर ये बात आपको चुभ रही है कि कोई अपना नहीं अपनो से वियोग ही होगा तो ऐसे अपने है श्यामाश्याम, पकड़ के देख लो कभी अनंत काल में भी वियोग नहीं होगा क्योंकि वो

अविनाशी और तुम भी अविनाशी हो। तुम्हारा शरीर विनाशी है, तुम अविनाशी हो। अगर अविनाशी श्यामाश्याम अपना मान लो जो चाहे मान लो, वो तो बड़े कृपालु है। उनको जो चाहो मान लो, बहन, बेटी, स्वामी, गुरू। इनको अगर मान लो तो यह प्रश्न खत्म हो जायेगा कि अपनो के बिछड़ने से और यहाँ कोई अपना नहीं सपना है सब, पता नहीं कब तक यह शरीर है इसका कोई भरोसा नहीं।

अविनाशी – आत्मा अविनाशी है मरती नहीं है।

प्र027. हमारे साथ प्रतिकूल परिस्थिति आ गयी, हमारा 6 साल का लड़का हमें छोड़कर चला गया तो क्या यह हमारी परीक्षा है या हमारे कर्मों का फल है?

उ0 प्रेमानन्द महाराज जी द्वारा –

नहीं, उस जीव को उतने ही समय के लिए ही भेजा गया था और आपका कर्म उससे सम्बन्ध रखता है, पूरे परिवार से उसका सम्बन्ध होता है। अब जलो, अन्दर से जलो, उसका कष्ट भोगो। वो आया था जीव, जो आकर के चला गया। लालच में, मोह में फंसाया, मेरा पुत्र बढ़िया पढ़–लिखकर

सियाना होगा, सब कोई चाहता है और बीच से ही गया अब जलो, अब रो, यह भोग हुआ जा रहा कर्मों का। इसी से मुक्त होने के लिए तो अध्यात्म है। ये ऋणानुबंध है, कर्मों का भोग है इसलिए मान लो मेरे कर्मों का भोग है और नाम जप करते हुए भी भगवान से प्रार्थना करो कि उसका भी मंगल हो जाये जो हमारे समीप आया था और प्रभु हमें मोह से मुक्त करो। हमारा हृदय आपके चरणों में लगे तो भगवान के आश्रय से धैर्य आ जायेगा और यह केवल आपके साथ ही नहीं है सारे जगत में यह चल रहा है। किसी का जन्म हो रहा है तो कोई मरण हो रहा है। ये जगत की लीला चल रही है कर्मों के अनुसार बड़ा विचित्र है। वो कर्म बख्शेगा नहीं, भोगना पड़ेगा इसीलिए बहुत सावधान।

प्र028. आजतक के पत्रकार ने पूछी युवाओं के मन की बात– युवा सुन रहा है आपको, पर आज थोड़ी सी मानसिकता जैसे बाकी लोगों की होती है तो छुप छुपाकर सुनता है कि ऑफिस में देखते हैं, पर वो दूसरों से शर्मा शर्मा कर सुनना चाहता है और अपने जीवन में उतारना चाहता है पर किसी को पता ना लगें?

सुनते रहे, एक दिन उनमें ऐसी सामर्थ्य आयेगी तो दूसरों को सुनाने लगेंगे। अभी छुपने दो, अभी चिंगारी गयी है और आग जब भड़केगी तो ज्वाला अपने आप उदय हो जायेगी। सत्य का मार्ग छुपता नहीं है। आग को कपड़ों से छुपाया नहीं जा सकता और हम प्रणाम करते है उन युवा भाईयों को जो इसी समय अपने जीवन को सुधार में ले आयें। यह अवस्था बर्बाद हो गयी तो आप सच्ची मानो तो ये केवल नौटंकी, नाटक भक्ति का बुढ़ापे में होता है, भजन नहीं होता हमारी बात को पकड़ लेना। जीवन में भजन का अभ्यास नहीं किया तो बुढ़ापे में नौटंकी होती है, भजन नहीं होता हैं। आप अपने दिमागों में देख लीजिए कि आपकी स्थिति क्या है, अगर इस स्थिति को नहीं सुधारा तो स्थिति बढ़ती चली जायेगी, घटेगी नहीं। यह अवस्था से नहीं घटती ध्यान रखना, ये भजन से घटती है। हम धन्यवाद देते है नौजवान मदिरापान छोड़ रहे है, मांस छोड़ रहे है, गन्दी बाते छोड़ रहे हैं, हम उनको प्रणाम करते हैं, तो हमारे प्रभु उनका सहयोग करेंगे। तुम छुप करके पहले पाप कर्म करते थे, आज

छुप–छुप करके सत्य बात पर आ गये हो तो धन्यवाद एक दिन तुम छुपोगे नहीं तुम प्रकाशित हो जाओगे।

प्र029. जब हम जीवन में अपने आप को low feel करते है तो हम अपनी problem को अपने आप ही face करे या अपने परिवार जनों के साथ बांटे?

उ0 प्रेमानन्द महाराज जी द्वारा –

नहीं, अपनी problem को भगवान से कहे।

''रहिमन निज मन की व्यथा,

मन ही राखो गोय।

सुनि इठलैहें लोग सब, बांटि न लैहै कोय।।''

दूसरा कोई तुम्हारे दुख को थोड़ी बांट सकता है, बांट सकते हैं तो भगवान बांट सकते है। उस समय भगवान से जुड़ो। अन्दर ही अन्दर भगवान से प्रार्थना करो, भगवान के चिन्तन में रहो, तो जो दुख आया है वो ऐसे हँसते हँसते कट जायेगा और अगर भगवान से नहीं जुड़े परिवार से जुड़े, तो उनका भी मन दुखी होगा। इसलिए हमें लगता है कि अपने दुख को केवल भगवान से कहना चाहिए। दूसरा

कोई पूछे कैसे हो तो मुस्कुरा के कह देना अच्छे हैं और अन्दर ही अन्दर भगवान से बात करें। आप तो सब जानते हो, सर्वअन्तर्यामी हो। इस समय मैं इस समस्या में हूँ, हे नाथ मेरी समस्या का समाधान करो या मुझे सहने की सामर्थ्य दो। भगवान दो में एक कार्य कर देंगे या तो आपको सहने का सामर्थ्य दे देंगे या उस संकट को हटा देंगे तो भगवान से प्रार्थना करना चाहिए न कि इंसान से। इंसान तो खुद दुखी है तो तुम्हारे दुख में क्या सहयोग देगा। बहुत से बहुत क्या हंसी उड़ा सकता है, सहानुभूति प्रकट कर सकता है, लेकिन उसकी सहानुभूति से हमारा दुख मिट जायेगा क्या, लेकिन भगवान मिटा देंगे।

प्र030. महाराज जी विद्यार्थी को स्मरण शक्ति तेज करने के लिए क्या करना चाहिए?

उ0 प्रेमानन्द महाराज जी द्वारा –

सरस्वती देवी जी की आराधना करनी चाहिए। बहुत से सरस्वती जी के मन्त्र है, सरस्वती जी की स्तुति है और कुछ ना आये तो हे माँ सरस्वती आप हम पर कृपा करो। हमारी बुद्धि ऐसी प्रदान करो, जिससे मैं विद्या

में प्रवीण हो सकूँ। रोज प्रातः काल उनसे प्रार्थना करो, उनको प्रणाम करके विद्या अध्ययन करो। विद्या की अधिष्ठात्री देवी सरस्वती जी है। सरस्वती जी की कृपा से ही विद्या में प्रवृत्ति आगे बढ़ती है।

प्र031. महाराज जी कुछ जीवात्मा इस पृथ्वी पर जन्म लेते ही करोड़पति बन जाता है, कुछ जीवात्मा पूरा गरीब रहता है?

उ0 प्रेमानन्द महाराज जी द्वारा –

पूर्व का कर्म होता है, उसने दान पुण्य किये, उसने दूसरों का उपकार किया तो भगवान स्वयं गीता जी में कहते है –

''जो मेरा भक्त पूर्णता को प्राप्त नहीं हो पाया भगवत प्राप्ति नहीं कर पाया और वो वासनाओं के जाल में बंधा रहा, मेरी भक्ति करता है, दान पुण्य करता है, उसके अन्दर कामनाएँ है तो फिर उसका अगला जो जन्म होता है वो श्रीमान, धनवान, कुलवान के यहाँ जन्म होता है और भरपूर वासनाओं की पूर्ति होती है और मेरी कृपा से वहाँ जन्म लेने पर भी वो भोगो में फँसता नहीं और वो भजन में तनमय हो करके समस्त भोगो का त्याग करके दूसरे जन्म में मेरे को प्राप्त कर लेता

है, उसे योग भ्रष्ट कहते है। तो जो पुण्यात्मा पुरूष होते हैं, वो ऐसे जन्मते है कि सब सुख सुविधाएं ऐसे है वहाँ जन्म लिया, उनको सत्संग मिला और वो उन सब भोगों से वैराग्य प्राप्त करके भगवान को प्राप्त होते है।

योगभ्रष्ट – जो साधक योग साधना करते हुए अपने जीवनकाल में पूर्णता प्राप्त नहीं कर पाता।

प्र032. महाराज जी किसी ना किसी कारण से असफल हो रहा हूँ, अतः मेरा मुख्य उद्देश्य परमार्थ की प्राप्ति है लेकिन छोटे–छोटे उद्देश्यों में जो असफलता मिलती है, भक्ति और असफलता के बीच सामंजस्य कैसे स्थापित करूँ?

उ0 प्रेमानन्द महाराज जी द्वारा –

यदि मैं भक्ति कर रहा हूँ तो मुझे सफलता सांसारिक मिलनी चाहिए ऐसा। आज तक भूखे रहे हो क्या? आज तक नंगे रहे हो क्या? अब समझो, मेरे प्रभु इतने करूणामय है कि हम आप तो मनुष्य है, जो पशु–पक्षी है, कीट पतंगे है, बहुत सी ऐसी योनिया है जिसको हम देख भी नहीं पा रहे प्रभु उनको भी भूखा नहीं रखते, अब हमारी चाहतो की

सफलता है। आपने जैसे सहज में कह दिया रोटी, कपड़ा और मकान तीनों से आप खाली हो, ईमानदारी से बोलो जिस दिन तुम नंगे घूमे हो, और जिस दिन तुम्हें छत के नीचे ना रहने को मिला हो और जिस दिन तुम भूखे रहे हो। प्राण पोषक के लिए दो आवश्यक है वायु, जल। हमारी जो शरीर पोषक जीने की आवश्यकता है, वो तो सबकी पूर्ति हो रही। हम लोग क्या करते है कि असली ज्ञान को छुपा करके नकली बात बोल देते हैं, जिसमें सब हाँ में हाँ मिलाते है। कोई भी सृष्टि में ऐसा नहीं है, जिसका माता की तरह भरण–पोषण भगवान ना करते हो। अब हमारी जो असफलता है उसमें हमारी चाहत है। मैं कपड़ा तो पहनू पर ऐसा पहनूँ। अब इसके लिए हमारा कर्म काम करेगा। पूर्व का प्रारब्ध हमारा बहुत बुरा है तो आप बहुत अच्छे आदमी हो, अच्छे मार्ग में चल रहे हो वो आपको बाधा पहुँचायेगा, आपको सहना होगा। नाम जप कीजिए धर्म से चलिए, वो युद्ध करेगा उस प्रारब्ध से और आपको घिरने नहीं देगा। आप जो कार्य कर रहे हो, उसमें सम्मत जो फल मिलना चाहिए, नहीं मिला, आपको असन्तुष्टता होगी क्योंकि आपने ऐसे पूर्व में कर्म किये है और वो आपको बाधा

पहुँचा रहे है लेकिन आप भजन कर रहे हो तो आपको निरूत्साहित होने नहीं देंगे। कितनी बार निःसफल होंगे, एक दिन तो सफल होंगे, निकल जाओगे प्रारब्ध कोई देवता नहीं है, हमारा किया हुआ पूर्व कर्म है। हम नया कर्म इतना बलवान करे, उसको रौंद दे। डट के भजन और डट के धर्म करें।

सम्मत – उस काम के अनुसार।

प्र033. महाराज जी आजकल के बच्चों को भगवत मार्ग में किस प्रकार से और आगे लेकर आया जायें?

उ0 प्रेमानन्द महाराज जी द्वारा –

देखो, सबसे पहली बात है हम आपको प्रार्थना करते है कि यदि बच्चों का ब्रह्मचर्य ठीक नहीं रहेगा तो सब उपदेश पर पानी फिर जायेगा। अगर उनका चरित्र ठीक नहीं है सब व्यर्थ हो जायेगा। इसीलिए हमारा सबसे पहला जो कदम होना चाहिए वो है बच्चों को चरित्रहीनता से बचाओ, जो आज हमारे समाज में चरित्रहीनता फैलती जा रही है। जब तक 22 वर्ष की अवस्था ना हो जाये तब तक बालक को ब्रह्मचर्य रहना चाहिए। आज हमारे बच्चों में स्मृतिहीनता हो रही है, आज

हमारे बच्चों में व्यसन बढ़ रहा है, बच्चों में व्यभिचार बढ़ रहा है तो हमें लगता है अगर बच्चों के माता–पिता सहयोग करे और अपने बच्चों के पास मित्रवत बैठे और उनके आचरणों के सुधार के लिए उनको सत्संग सुनाये, शास्त्र स्वाध्याय कराये, भगवान से प्रार्थना करें कि हमारे बच्चों के चरित्र अच्छे हो और उनको बल मिले और 30 मिनट नामजप करवायें। इतने बड़े–बड़े smart mobile है, टी0वी0 है, माता–पिता विलासी है तो बच्चों के संस्कार भ्रष्ट होते चले जा रहे है तो केवल स्कूल से बच्चे नहीं सुधरेंगे, घर में भी सुधार होना चाहिए।

प्र034. महाराज जी माला से जपना और हर समय उठते–बैठते जपना, क्या दोनों का समान फल है?

उ0 प्रेमानन्द महाराज जी द्वारा –

यह तो माला से भी श्रेष्ठ पद्धति है। सांसो की माला से यदि हम प्रभु का नाम जपने लगे उठते–बैठते, खाते–पीते, चलते–फिरते हर समय प्रभु का मंगलमय नाम स्मरण करना, यह तो बहुत सिद्ध पद्धति है। इसमें कोई संशय नहीं है।

प्र035. महाराज जी मन पर काबू नहीं हो पाता जिसके कारण ज्यादातर समय रील्स आदि देखने में चला जाता है। रील्स देखने की ऐसी लत लगी है कि मन बहुत परेशान हो गया। एक बार लगते है तो 4–5 घंटे गये?

उ0 प्रेमानन्द महाराज जी द्वारा –

यह तो बहुत खतरनाक चीज है। मान लो कभी अच्छी रील भी देखोगे तो कभी गलत रील भी देखोगे। इसमें तो बुद्धि खराब ही हो जायेगी, इसको तो रोकना चाहिए। वैसे मोबाईल बहुत लाभदायक है, सत्संग आप सुन सकते है, इमरजेन्सी में आप सूचना दे सकते है। मोबाईल बहुत हानिकारक उनके लिए है जो अपने मन को कंट्रोल नहीं कर पाते, इतना प्रपंच भरा है मोबाईल में कि आप 24 घंटे उसी में लगा सकते हो। हमें लगता है, आवश्यक उसका लाभ ले लेना चाहिए। भगवान ने सारे संसार को गुण–दोष से रचा है तो ऐसे हमें चाहिए कि सबसे गुण ले, मोबाईल से भी गुण लें। व्यर्थ में गेम खेलना या रील देखना, हमें लगता है कि यह तो ठीक नहीं है। इस पर सुधार कीजिए, आज से मत देखिए।

प्र036. महाराज जी बिना किसी दोष अथवा अपराध के कोई मनुष्य यदि सार्वजनिक व व्यक्तिगत तौर पर जीवन में किसी का अपमान करता रहे तो अपमानित व्यक्ति को क्या आचरण करना चाहिए?

उ0 प्रेमानन्द महाराज जी द्वारा –

यदि वो अध्यात्मिक है तो उसे सह लेना चाहिए और भगवान से प्रार्थना करनी चाहिए कि उसकी बुद्धि शुद्ध हो। हमारा कोई प्रारब्ध पूर्व जो पापमय है, हमारे भगवान के द्वारा विधान किया गया है, शारीरिक दण्ड ना भोग करके उसे मानसिक दण्ड से निपटाया जा रहा है। जैसे – हमें कोई गाली देता है या अपमानित करता है तो हमें मानसिक जलन होती है, मानसिक जलन से हमारे पाप का प्रायश्चित हो गया, जो हमें शारीरिक दण्ड नहीं भोगना पड़ा तो हमारी कोई निंदा करता है या हमारा अपमान करता है तो भगवान के विधान से हमें पवित्र किया जा रहा है, जो आध्यात्मिक है, उसे सहना चाहिए और जो एकदम सांसारिक है, वो सहेगा ही नहीं प्रश्न ही नहीं करेगा। वो दुष्ट के साथ दुष्टता का ही व्यवहार करेगा लेकिन आध्यत्मिक ऐसा नहीं।

प्र037. महाराज जी मुझे अपने व्यवसाय में अर्थ कमाने के लिए झूठ भी बोलना पड़ता है कि अमुख पदार्थ में मुझे कुछ नहीं बचा और अगर कहूँ कि मैं अपने आपसे इतना पैसा कमाया तो ग्राहक वापिस ही चला जाये?

उ0 प्रेमानन्द महाराज जी द्वारा –

देखो सब कोई जानता है, कोई भी व्यापार करता है तो मुनाफे के लिए करता है। हम 100 की वस्तु लाये है, अगर हम 125 की देते है तो हमें बड़ी अकड़ से बोलना है कि 125 की देंगे, एक पैसा कम नहीं। हम कितने की लाये है, इससे मतलब नहीं तुम्हें 125 की लेना है तो लीजिए नहीं तो चलिए। साफ बात है, जब आप सत्य से चलोगे तो एक दिन आपका व्यापार प्रसिद्ध हो जायेगा, वहाँ जितना बोला जाता है, Fix दाम है और वहाँ जो सामान मिलेगी पक्की मिलेगी, बेईमानी नहीं। एक बार सत्य पर चलके तो देखो पर हम लोगों को सत्य पर विश्वास थोड़ा कम होता है, बस सत्य पर चलो।

''सत श्री अकाल''

वो सत्य है और वही सम्पन्न है। सत्य कैसा है? सत्य श्री है, श्री मतलब वैभव, समस्त

वैभव का स्वामी है। वो काल के फंदे में नहीं, काल के फंदे से छुड़ाने वाला है। वो सिक्ख जन बोलते है –

"वाहेगुरू जी का खालसा

वाहेगुरू जी की फतेह"

जब गुरू जी के वचनों पर चलोगे, तो फतेह ही फतेह, विश्वास करो ना फतेह मतलब "विजय", नीचा नहीं देखना पड़ेगा। जब मालिक देगा तो निहाल हो जाओगे।

प्र038. महाराज जी, श्री जी और आपकी कृपा दृष्टि से मुझे प्रतिष्ठित सरकारी संस्थान में दायित्व पूर्ण पद पर सेवा करने का अवसर प्राप्त हुआ है। महाराज जी वहाँ अनेक साामजिक मुद्दों पर कार्य करने का अनुभव हो रहा है, कभी–कभी ऐसा धर्म संकट आ जाता है कि धर्महित और राष्ट्रहित में से अगर किसी एक को चुनना हो तो महाराज जी किसे चुनें?

उ0 प्रेमानन्द महाराज जी द्वारा –

राष्ट्रहित, क्योंकि जब हम समाज सेवा पर है तो हमें राष्ट्रहित चयन करना पड़ेगा। जैसे आर्मी का जवान है तो उसके लिए केवल राष्ट्र धर्म है, अगर कानून के प्रतिकूल उसका

पिता भी खड़ा हो तो वो गोली मार देगा। वो पितृ धर्म, पत्नी, पुत्र सबको स्वाहा करके केवल राष्ट्र धर्म के लिए वह जीता है। वैसे ही अगर कोई पद है और हमारी समाज व्यवस्था है तो फिर हमें राष्ट्र धर्म पर ध्यान देना चाहिए।

प्र039. महाराज जी आशीर्वाद का भी कोई महत्व होता है। जैसे – सौभाग्यवती भवः, आयुष्मान भवः, चिरंजीवी भवः?

उ0 प्रेमानन्द महाराज जी द्वारा –

यह सिर्फ केवल बातो के है। शरीर कभी चिरंजीवी आज तक हुआ है किसी का, कौन नहीं चिरंजीवी का आशीर्वाद देता है, कोई हुआ है चिरंजीवी या आपको सृष्टि में दिखायी दे रहा है क्या चिरंजीवी हुआ। सब मरते है, इसका नाम मृत्युलोक है। ये केवल व्यवहार के आशीर्वाद है सुखी रहो, चिरंजीवी भवः, आनन्द लो लेकिन भजन ना करो तो आनन्द मिल जायेगा क्या, भगवान का चिन्तन ना करो तो सुखी हो जाओगे क्या। संसार के चिन्तन से सुखी हो जाओगे। चिन्ता, शोक, भय, उद्धेग, मृत्यु, जन्म यह बार–बार प्राप्त होंगे जब तक भगवान की शरण में नहीं

जाओगे। यह व्यवहारिक शब्द है आशीर्वाद, यह सत्य शब्द नहीं है। सत्य है राम, हरि, कृष्ण जो भगवान का नाम जप कर रहे हो। सत्य भगवान का नाम है वहीं तुम्हे सुख प्रदान करेगा। चिरंजीवी आत्मा होती है, शरीर नहीं होते। बोले – चरण छुअन, बोले – सुखी रहो, सिर्फ कह देने से खुश रहेगा क्या, जब अच्छे आचरण होगें उसके वो भजन करेगा, सत्मार्ग पर चलेगा तो खुद चलेगा, हमारे कहने से थोड़ी चलेगा।

उद्धेग – गहरी उदासी।

प्र040. क्या आपने भी कभी पापा से बात करना बंद किया है?

उ0 प्रेमानन्द महाराज जी द्वारा –

नहीं, पापा है पहले दिमाग में विराजमान करो, वो हमारे पिता है। डाँटने के बाद भी हमें पैर छूना चाहिए। वो हमारे पापा है, वो हमसे बात ना करें तो हम उनको घेर करके उनके चरण छुएंगे, बार–बार उनसे विनय करेंगे, हमसे गलती हो गयी। ना गलती हो और बड़े जन डाँट रहे हो तो भी अपनी गलती स्वीकार करनी चाहिए। नामजप करो, Counter ले

लो। उसमें संख्या सहित नामजप करो, 20,000, 50,000 ऐसे नामजप करो।

प्र041. क्या आप राधारानी से अपनी Kidney ठीक नहीं करा सकते?

उ0 प्रेमानन्द महाराज जी द्वारा –

हम क्यों कहे, उनको काम कराना है तो आप देख रहे हो 18 साल से किडनी फेल है और हम उपदेश कर रहे है। कई लोगों ने हमसे कहा कि किडनी बदलवा लो। हम कहते है राधारानी से कि जब किडनी बदलवाने पर हम सही काम कर सकते है तो इन्हीं किडनी से क्यों न करवाओ। अगर हम इस शरीर को प्यार करते तो हमें वो गति ही ना मिलती तो तब उस गति से प्यार किया तो शरीर से प्यार है नहीं। अब यह चाहे आज रखे या 100 वर्ष रखे उनकी बात क्या है, अरे वो कहे तो ऐसी किडनी को 20 वर्ष और चला दें। हमारे अन्दर यह नहीं आ सकता कि शरीर ठीक कर दो, यह चाहे चिकना बने, चाहे काला हो जाये, चाहे सड़ जाये, चाहे फूल जाये इससे कोई मतलब नहीं। जब तक जान रहेगी इसमें तब तक हम आते रहेंगे, ऐसे बोलते रहेंगे, ऐसे दहाड़ते रहेंगे और जो

उनको बुलाना तो बुला ले कोई बात नहीं। इससे हमारा प्यार नहीं है, यह हमारे प्यार का विषय नहीं है। हमारे प्यार का विषय हमारी लाडली जी है और आप सबकी सेवा है।

प्र042. महाराज जी मेरे ईष्ट देव गुरू नानक देव जी है, जब से मैंने वाणी पढ़ना शुरू किया तब से मेरे अन्दर काफी परिवर्तन आया, महाराज जी मेरा उनसे मिलने का बहुत मन है, उनसे कैसे मिला जायें?

उ0 प्रेमानन्द महाराज जी द्वारा –

वाहेगुरू, वाहेगुरू, वाहेगुरू आँठो पहर जपो वाहेगुरू। एक श्वास भी खाली ना जायें वाहेगुरू वाहेगुरू और कोई चाह ना होने पावे केवल नानक साहिब के दर्शन की चाह हो। हमें तो बिना चाह के दर्शन दे गये, 35 वर्ष पहले गंगा किनारे तो अगर हम वाहेगुरू, वाहेगुरू आँठो पहर जपे और कोई चाह ना करे, निश्चित दर्शन हो जायेंगे। अन्य अगर चाह करोगे उतना ही विलम्ब होगा, अन्य चाह मिटाकर एक चाह रखलो कि जिया नहीं जा रहा गुरूदेव आपके बिना, गुरू साहिब आकर दर्शन दे देंगे। जिस रूप में चाहो

दर्शन पा सकते हो पर अन्य कोई चाह ना हों।

प्र043. महाराज जी जब Operation Sindoor हुआ हम भी वहीं थे, मुझे आभास हुआ कि, ऐसा लगा कि आप बगल में ही है अद्‌भुत वो अनुभव था। महाराज जी आपको मैं जान तो नहीं पाया हूँ कि आप किस रूप में कैसे हम सैनिकों के साथ हर पल हो?

उ0 प्रेमानन्द महाराज जी द्वारा –

हमारा हृदय बहुत भारत के सैनिकों को प्यार करता है। जैसे – हमने अपने जीवन में कष्ट सहा ये कोई जानता तो नहीं ना, ऐसे ही सैनिकों से जब हम चित्त जोड़ते है तो उनके कष्ट को जानते है। जब वो छुट्‌टी से अपने परिवार से विलग होकर जाते हैं, बच्चे उंगली पकड़ कर पापा कहते है तो दुबारा उनको लौटकर के आना होगा कि नहीं आना होगा, इसका कोई भरोसा नहीं है। पहला परिवार की ममता और प्यार का त्याग, दूसरा शरीर सुख का त्याग जहाँ भी तैनात कर दो वहाँ तैनात, तीसरा प्राणों के मोह का त्याग चाहे अभी छाती पर गोली लगे, चाहे मस्तक पर गोली लगे हम अपने देश के लिए बलिदान

किये तो हम सबका आदर करते है लेकिन सबसे ज्यादा आदर, कहीं भी हमें Army का खड़ा दिखायी दे तो उसको दुपट्टा पहनाओ उसको सम्मान करो। हमारे भारत वासियों को चाहिए कि हमारे राष्ट्र के जो सैनिक है इनका सम्मान करो क्योंकि इन्हीं के बल से हम सुरक्षित बैठे है। अगर इनका सुरक्षा कवच ना हो तो चैन से सो नहीं सकते। हमारा हृदय आप लोगों को बहुत प्यार करता है तो हम शरीर से तो भले ही आपके साथ नहीं लेकिन मन से आपके साथ है। जितने भी भारत के सैनिक है सब स्वस्थ रहे, प्रसन्न रहे ऐसा आर्शीवाद देते हैं, ऐसा भाव करते है।

विलग – अलग।

प्र044. महाराज जी जब जिन्दगी में हार रहे हो तो क्या करना चाहिए?

उ0 प्रेमानन्द महाराज जी द्वारा –

भगवान की शरण में होना चाहिए। हारने पर भगवान का बल काम करता है, अहंकार पर भगवान का बल काम नहीं करता। अहंकार पर भगवान की शरणागति नहीं होती। जब हार जाये तो हरि के आश्रित हो जायें,

भगवान का नाम जप करने लगें तो वो जीत जायेगा संसार से जीत जायेगा, माया से जीत जायेगा, जो भगवान का आश्रय ले लिया है। भगवान का जो आश्रय ले ले, वही संसार में सुखी हो सकता है नहीं तो कामनाएं सबको परेशान किये हुए है। चाहतों की पूर्ति कभी नहीं होती। एक चाह पूर्ति होती है तो दूसरी खड़ी हो जाती है इसलिए हार जाना अच्छा है, हार कर भगवान की शरण में हो जायें और नाम जप करें।

प्र045. महाराज जी मैं और मेरी धर्मपत्नी दोनों अमेरिका में रहते है और एक कंपनी चलाते हैं। आज मैं जो भी हूँ, अपने माता–पिता के संयम और त्याग से हूँ। मेरा एक बेटा है मुझे बहुत ज्यादा घबराहट हो रही है कि माता–पिता, सास–ससुर की सेवा का अवसर जब मिलेगा तो अपने बेटे की पढ़ाई को देखूँ या उसके भविष्य को देखूँ या माता–पिता की सेवा करूँ?

उ0 प्रेमानन्द महाराज जी द्वारा –

माता–पिता की सेवा को भी देखना है और बेटे के भविष्य को भी देखना है। दोनों बाते अति आवश्यक है। अगर बेटे के भविष्य के

लिए माता–पिता की सेवा छोड़ देते है तो आपका भविष्य और आपके बेटे का भविष्य चौपट हो जायेगा। अगर माता–पिता की सेवा कर रहे है और बेटे के भविष्य को छोड़ रहे है तो ठीक नहीं क्योंकि ये आपका कर्त्तव्य है। जैसे आपके माता–पिता ने आपको पुष्ट किया, ऐसे आपको चाहिए अपने पुत्र को पुष्ट करना लेकिन जिन माता–पिता ने आपको पुष्ट किया, उन माता–पिता की वृद्धावस्था आने पर या सास–ससुर की अवस्था आने पर हमको जरूर सेवा करनी चाहिए। अब यह आपको देखना है कि आपको माता–पिता के साथ रहकर करके बच्चे की सेवा करनी है या माता–पिता को पास रखकर बच्चे को पढ़ाना है, पर कर्त्तव्य दोनों का पालन करने का है। जो अपने माता–पिता की सेवा नहीं करते वो आध्यात्मिक और लौकिक उन्नति कभी नहीं कर सकते। उन दिनों के लिए सोचो कि जब आप लघुशंका और शौच करने का भी ज्ञान नहीं रखते थे, गोदी में ही लघुशंका और शौच कर दिया करते थे, कभी हमारी माता ने इस बात के लिए पीटा नहीं। आज अगर वो शैय्या पर शौच कर दे तो हमारा कर्त्तव्य है कि हमको वैसे ही दुलार करते हुए उनकी सेवा करनी चाहिए। इसलिए

मातृ देवी भवः, पितृ देवो भवः ऐसा हमारा वेद कहता है वो साक्षात् भगवान है, ऐसे भाव से आराधना करनी चाहिए।

प्र046. महाराज जी यह तंत्र–मंत्र कुछ लोगों के ऊपर लोग कर देते है। क्या ये सच में होता है ऐसा?

उ0 प्रेमानन्द महाराज जी द्वारा –

वैसे, ऐसे विधान है जो तान्त्रिक है, जो मंत्रो के ज्ञाता है, उसमें मारण है, वशीकरण है, उच्चाटन है ये इसके विधान है। ये उन्हीं के ऊपर काम करते है जो भगवान का भजन नहीं करते। जो भगवान का भजन करते है उनके ऊपर काम नहीं करते। अगर आप राधा–राधा जपते हो, कृष्ण–कृष्ण जपते हो तो भगवान तुम्हारी रक्षा करेंगे, तो कोई भी तंत्र–मंत्र तुम्हारे ऊपर काम नहीं करेगा। राक्षस लोग बड़े मायावी थे लेकिन राम–राम जपने वाले विभीषण के ऊपर कौन–सी माया थी, हनुमान जी के ऊपर कौन–सी माया उन्होंने डाल दी, जो भगवान में चित्त जोड़े हुए है उनके ऊपर माया का कोई प्रभाव नहीं पड़ता है, ये तन्त्र–मन्त्र तो बहुत छोटी सी बात है।

प्र047. महाराज जी जीव हत्या पाप है? माँस–मदिरा का उपयोग करना भी पाप है? कई देश–प्रदेशों में माँस खाते है, फिर भी इतनी उन्नति कैसे होती है?

उ0 प्रेमानन्द महाराजी जी द्वारा –

क्या सांसारिक उन्नति को तुम उन्नति मानते हो क्या, जब दैवी आपदा प्रकट होती है तो सब नाश करके चली जा रही है। आकाश, वायु, अग्नि, जल, पृथ्वी ये पाँच प्रकृति है। पापाचरण करोगे तो लौकिक उन्नति होते हुए भी तुम्हारा सर्वनाश हो जायेगा। कभी पृथ्वी हिल गयी, कभी जल अपनी सीमा से ऊपर उठा, कभी वायु झंझोर दिया, कभी आग लग गयी, कभी आकाश से ओले, बिजली गिर गई सर्वनाश हो जायेगा। लौकिक उन्नति उन्नति नहीं है, आध्यात्मिक उन्नति उन्नति है। धन्य है भारत देश, एक बार पानी ग्रहण किया तो जीवन भर निर्वाह किया। विलासिता ही तो है, वो कौन सी उन्नति है। बौद्धिक जब विकास होता है तब भारतीय ब्रह्मर्षि के चरण धुली माथे पर लगाना होता है, किसी ना किसी भारतीय महापुरूष के चरणों का आश्रय लेना होता है। नहीं, स्वर्ग–नरक के आगे कोई चर्चा नहीं कहीं भी, जीवन मुक्तता प्रेम,

ज्ञान, योग ये सब भारत में है। विदेश की तुलना थोड़ी हम भारत से कर सकते है। किस विषय को उन्नति मानते हो, ज्ञानेन्द्रि और रस इन्द्रियों के भोगों को उन्नति मानते हो क्या ये तो पशु–पक्षियों में भी पाया गया, उन्नति है बौद्धिक स्तर की उन्नति होना, संयम आ जाना। इन्द्रियों का व्यभिचार में उतर जाना उन्नति नहीं है।

प्र048. महाराज जी सांसारिक जीवन जीते हुए और मोह माया में रहते हुए और चकाचौंध का जीवन जीते हुए भी क्या मुझे भगवत प्राप्ति हो जायेगी?

उ0 प्रेमानन्द महाराज जी द्वारा –

कर सकते है, नामजप कीजिए और सब में भगवान की भावना कीजिए, इन दो बातों से भगवत प्राप्ति हो जायेगी। जिससे भी व्यवहार करें उनमें भगवान है, पावर है परमात्मा। जैसे – हैलोजन चमक रहा है, Light दे रहा है, पंखा हवा दे रहा है, दोनों में बिजली एक है। कूलर, फ्रिज, ए0सी0 ठंडा कर रहा है लेकिन हीटर गर्म कर रहा है। बिजली दोनों में एक है तो हम अच्छे या बुरे दोनों प्रकार के मनुष्यों में एक ही परमात्मा को देखे। जड़ या

चैतन्य दोनों प्रकार के जीवों में एक ही परमात्मा को देखें और नामजप करें भगवत प्राप्ति हो जायेगी।

प्र049. महाराज जी जैसे–जैसे उम्र बढ़ती जा रही है वैसे सांसारिक जिम्मेदारियाँ, माता–पिता की बढ़ती आयु और जीवन में सफल–असफल होने का भय और तनाव सताने लगता है। महाराज जी इसको कैसे पार पाये हम?

उ0 प्रेमानन्द महाराज जी द्वारा –

नामजप, नामजप, जितना भगवान का नामजप करोगे उतना भगवान में दृढ़ विश्वास होगा। भगवान में दृढ़ विश्वास होगा तो आगे भविष्य में जो हमें संशय हो रहा है पता नहीं क्या होगा, पता नहीं कही ऐसा ना हो जायें जो उस समय हमारे अन्दर भाव आयेगा, मेरे भगवान है ना हर व्यवस्था कर देंगे तो हम ये कहते है कि यदि भगवान का नाम जपें और भगवान पर विश्वास है तो समय पर वो व्यवस्था कर देंगे। भगवान का आश्रय लो, भगवान सर्वकृपामय है वो हमारे सारे पाप नष्ट कर देंगे। पाप ही तो हमें दुख देते हैं, पाप नष्ट हो जाये तो सुख ही सुख हमारे जीवन में है। इसलिए आनन्दमय भगवान का

चिन्तन करो। भगवान के आश्रित रहो, पापाचरण मत करो तो सुखी हो जाओगे।

प्र050. महाराज जी कई प्रियजनों और बुजुर्गों को भी कहते हुए सुना है कि जिंदगी बड़ी मुश्किल से मिलती है, यारों जो भोग सकते हो भोगो, Enjoy करो?

उ0 प्रेमानन्द महाराज जी द्वारा –

नहीं, नहीं, हम इस बात पर हाँ कहते है कि जिन्दगी बड़ी कीमती है। जिन्दगी बड़ी मुश्किल से मिलती है, इसे गन्दे कामों में नहीं अच्छे–अच्छे कामों में लगाओ। इसे भगवान की प्राप्ति कराओ। ये जिंदगी का लाभ है। हमें तो आज तक समझ में नहीं आता enjoy है कहाँ? हम तो खोल के operation करके बात बताते है। Enjoy है कहाँ? जो चीज खाओ 6 घण्टों में शौच बन जाती है। मनुष्य को सबसे ज्यादा प्रिय वस्तु क्या लगती है, रूपया। रूपया इसलिए प्रिय लगता है कि हमें सामग्री मिलती है। खाने–पीने को मिले, पहनने ओढ़ने को मिले और भोगों में स्त्री भोग या पुरूष भोग। इसके अलावा हमें बताओं क्या चाहिए। मरने के बाद इनमें से क्या बचा। आप लोग जो गृहस्थ है,

आपने भोगा आपके पास क्या आया फिर वो ही भोगने की इच्छा है ना। शराब पिये नालियों में पड़े है Enjoy है, एक–दूसरे की हत्या कर रहे हो, ये कोई Enjoy है। भगवान की शरण में Enjoy है कि ऐसे Enjoy है। यहाँ कोई आनन्द है क्या सब चिंतित है। जिनको तुम बड़ा आदमी या पदाधिकारी समझते हो, वो भी परेशान है। घर, परिवार, वासनाएँ सब परेशान है। भगवान के साथ Enjoy है, इस संसार में नहीं।

www.ingramcontent.com/pod-product-compliance
Lightning Source LLC
LaVergne TN
LVHW050803051026
849532LV00008B/2952